JEANNE D'ARC

DANS LA POÉSIE DRAMATIQUE

PARIS. IMPRIMERIE DE V. GOUPY, RUE GARANCIERE, 5.

SOIRÉES LITTÉRAIRES ET SCIENTIFIQUES
DE LA SORBONNE.

JEANNE D'ARC

DANS LA POÉSIE DRAMATIQUE

CONFÉRENCE DU 24 DÉCEMBRE 1866

Par M. CROUSLÉ

PROFESSEUR DE RHÉTORIQUE AU LYCÉE NAPOLÉON

PARIS

IMPRIMERIE DE VICTOR GOUPY,

RUE GARANCIÈRE, 5.

———

1867.

Le souvenir de Jeanne d'Arc n'a jamais été plus populaire qu'aujourd'hui. Par un privilége admirable, tout y contribue, les progrès de la science, ceux de la démocratie, ceux même du patriotisme et de la civilisation. La lumière de l'histoire, fatale dans ce siècle à beaucoup de renommées, n'a fait qu'embellir celle de cette jeune fille qui fut à la fois un héros et une sainte. Les classes déshéritées, en s'élevant dans l'ordre social, recherchent leurs anciens titres de noblesse, et s'admirent elles-mêmes dans cette fille du peuple, qui sauva la monarchie. Enfin, le patriotisme et la civilisation, tels que notre siècle les entend et cherche à les pratiquer, n'ont pas de modèle plus admirable que cette héroïne exempte de haine, qui fit la guerre par compassion, et qui sut unir, dans une harmonie si rare alors, les vertus guerrières et la bonté du cœur.

Je me suis proposé de vous entretenir de la manière dont le caractère de Jeanne d'Arc a été interprété par la poésie dramatique, et de rechercher s'il existe quelque part au théâtre un monument digne de la grande héroïne de la France.

Ce n'est pas du moins le zèle qui a manqué. On composerait une bibliothèque avec les poëmes dramatiques dont le sujet est tiré de la vie de Jeanne d'Arc (1), sans parler des poëmes épiques et autres. Ce zèle louable ne se ralentit pas. On annonce tous les jours des ouvrages nouveaux. J'ai eu l'honneur, dans ces derniers jours, d'en recevoir quelques-uns qui m'étaient inconnus (2), et je serais heureux de pouvoir ici rendre justice au talent ou à la bonne volonté de tant d'auteurs. Mais je suis obligé de me borner. Je m'attacherai donc exclusivement aux ouvrages qui ont obtenu la consécration d'un succès public ou qui sont comme des exemples de diverses manières de traiter le sujet.

Vous ne serez pas surpris si, pour commencer cette revue, je vous transporte d'abord en Allemagne. C'est une marque de reconnaissance que nous devons à la nation, qui, la première, a fait paraître sur une scène publique notre grande héroïne ; s'il est vrai

---

(1) On en peut voir une liste fort étendue, mais qui n'est déjà plus complète, à la fin du *Mistère du siége d'Orléans* (Voy. plus loin, p. 24, note 2), *Appendice*.

(2) *Jeanne d'Arc, ou la Fille du peuple au xv⁵ siècle*, par Renard Athanase), Furne, 1851, avec cette épigraphe : *Gesta Dei per puellam*.

Jeanne d'Arc, drame en cinq actes, etc., et en vers, par P.-F. Louvet. Paris, Cosson, 1863.

qu'un drame, où Jeanne d'Arc jouait un rôle, ait été
représenté à Ratisbonne en 1430. Remarquez, je
vous prie, cette date. C'est du vivant même de
Jeanne, dans la seconde année de sa carrière, hélas!
trop courte, qu'elle est représentée sur une scène
allemande. Les prodiges de la première année de
sa vie publique avaient ému toutes les imaginations
en Europe. La délivrance d'Orléans, la défaite des
Anglais à Patay, le couronnement du roi à Reims,
tant de villes prises comme à la course, tout cela
tenait du miracle, et l'on devait toutes ces merveilles
à une jeune fille de dix-huit ans... Comment expliquer une si étrange apparition? De nos jours, je
m'imagine qu'on ne serait pas extrêmement surpris
de voir une jeune fille général d'armée (*sourires*):
on en voit qui professent des cours publics; le sexe
féminin grandit (*hilarité*). Mais au XVᵉ siècle cela ne
paraissait pas naturel. Il fallait donc que Jeanne fût
ou l'envoyée du ciel, ou celle de l'enfer... Entre les
deux avis on était partagé.

Une noble femme, qui valait bien les poëtes du
sexe masculin de ce temps-là, Christine de Pisan,
n'hésite pas à reconnaître dans Jeanne d'Arc l'envoyée de Dieu. Elle en conclut que Dieu aime son
sexe; elle compare « cette fillette de seize ans » aux
prophètes et aux juges des temps bibliques, à Moïse,
qui tira « le peuple Israël hors d'Égypte », à Josué, à
Gédéon; mais elle ne peut lui trouver d'égales que
les saintes femmes de la Bible.

Hester, Judith et Delbora
Qui furent dames de grand prix,
Par lesquelles Dieu restora
Son peuple qui fort estoit pris (1).

Il est vrai que c'est une femme qui parle. Les docteurs étaient plus jaloux des prérogatives de leur
sexe ; ils ne permettaient pas à une femme de se
mêler des ouvrages du sexe masculin. On aurait pu
leur répondre peut-être ce que Jeanne d'Arc disait
plus tard à ses juges, qui lui reprochaient de ne pas
vaquer aux œuvres de son sexe : « Quant aux autres
œuvres des femmes, il y a bien assez d'autres femmes
pour les faire. » (2) Mais les docteurs n'entendaient
pas raillerie sur ce sujet. Chacun d'eux consulte donc
ses textes, et en tire la conclusion qui plaît à son esprit prévenu. Un vice-chancelier de l'Université de
Cologne, Henri de Gorkum, publie en latin des pro-
positions pour prouver que Dieu peut se servir, quand
il lui plaît, du bras d'une femme. Il est vrai qu'à tout
hasard, il y en ajoute d'autres pour ceux qui vou-
dront prouver le contraire. (3) Un clerc du diocèse
de Spire prouve, également en latin, qu'il y a en ce
moment au royaume de France une Sibylle, c'est-à-
dire, une prophétesse, « attendu que, chez les Grecs,

---

(1) Cet intéressant poëme de Christine de Pisan porte la date du 31
juillet 1429. Publié pour la première fois par M. Jubinal, il a été inséré
par M. Quicherat dans son beau et précieux recueil : *Procès.... de Jeanne
d'Arc*, t. V, p. 4.

(2) J. Quicherat, *Procès*, t. I, acte d'accusation, xvi.

(3) *Id.*, *ibid.*, t. III, p. 411.

une femme qui interprète la pensée divine s'appelle une Sibylle (1). »

C'était là l'opinion la plus générale ; on n'était pas loin de croire que Jeanne d'Arc était envoyée du ciel pour remettre l'ordre dans le monde, la concorde dans l'Eglise, et pour devenir le salut de toute la chrétienté, à l'exception de l'Angleterre. Un prince lui écrivait du fond de l'Aragon pour lui demander auquel des trois papes, qu'il y avait alors, il était juste d'obéir. Elle-même, portée par l'enthousiasme général, conçoit à cette époque les desseins les plus hardis. Non pas qu'elle s'attribue un pouvoir surnaturel, elle a trop de bon sens et d'esprit ; aux bonnes femmes qui lui demandent de toucher des chapelets, elle répond avec sa naïveté malicieuse : « Touchez-les vous-mêmes, cela sera aussi bon » (*sourires*). Mais son grand et excellent cœur est ému des souffrances des peuples chrétiens ; son ardeur guerrière s'enflamme à la pensée de les affranchir des persécutions des infidèles et des Sarrasins. Elle confond un peu sous ce nom les Turcs qui menaçaient alors Constantinople, et les Hussites de Bohême, qui anéantissaient les armées de l'empereur Sigismond. Elle écrit aux derniers, à ces brûleurs d'églises, à ces égorgeurs de moines et de prêtres, qu'elle ira « les visiter avec son bras ven-

---

(1) J. Quicherat, *Procès*, t. III, p. 422 : *Sibylla francica.*—Voyez aussi au même tome, p. 373, le traité de Jacques Gelu, archevêque d'Embrun, qui est daté de mai 1429.

geur, » et elle leur ordonne de lu envoyer leurs députés, à qui elle dira ce qu'il y a à faire (1).

Je suppose donc que ce drame représenté à Ratisbonne en l'an 1430, au moment où l'Allemagne était épouvantée des victoires de Procope le Grand, successeur de Jean Ziska, représentait Jeanne d'Arc, vue au travers des imaginations germaniques, comme une espèce d'ange exterminateur, envoyé de Dieu pour châtier les hérétiques et les infidèles.

C'est à peu près ainsi qu'elle reparaît sur le théâtre allemand, près de quatre siècles plus tard, en 1801, dans l'ouvrage du plus grand poëte dramatique de l'Allemagne, *la Pucelle d'Orléans*, « tragédie romantique, » de Schiller.

L'auteur s'est bien gardé de suivre fidèlement l'histoire, soit qu'il ait cru cette fidélité indigne d'un poëte, soit qu'il ait cédé à un certain penchant du génie germanique pour les idées qui ne sont ni très-simples ni très-claires. Dans une lettre qu'il écrit à Goethe pendant le cours de son travail, il s'exprime ainsi : « La partie historique est vaincue ; et je crois en avoir tiré tout le parti possible. Tous les motifs

---

(1) Cette lettre, reproduite par M. J. Quicherat, *Procès*, t. V, p. 156, d'après M. de Hormayr, en un texte allemand qui doit avoir été traduit d'un original latin, ne nous paraît point avoir pu être dictée par Jeanne d'Arc. Ce n'est point son style. Mais il semble bien certain qu'elle avait fait écrire aux Hussites pour les menacer. Ce fait nous importe ici beaucoup plus que le texte même de la lettre, qui nous montre cependant ou au moins l'opinion qu'on avait de la Pucelle en Allemagne.

sont poétiques, et presque tous appartiennent au genre naïf (1). »

Qu'y a-t-il de poétique et de naïf dans son drame? c'est ce que nous allons examiner. Schiller paraît avoir vu dans notre héroïne une prophétesse biblique, une Déborah, ou, si vous l'aimez mieux, une sorte de Samson féminin. Dans un moment solennel, Jeanne d'Arc prisonnière, chargée de fers du poids d'un *quintal,* le poëte a soin de nous l'apprendre, implore Dieu, lui demande la force de Samson, et aussitôt elle brise ses chaînes de fer comme des liens de paille. C'est qu'elle a retrouvé dans ce moment son talisman ; ce n'est pas, comme celui du prophète hébreu, une chevelure de sept touffes non rasées, c'est un cœur pur de tout sentiment humain, surtout des sentiments de son sexe, l'amour et la pitié. A ce prix, elle est invincible dans les combats et elle jouit du don de prophétie. Nul ne peut lui résister, ni les armes à la main, ni dans la lutte corps à corps. Elle rencontre sur le champ de bataille l'un des héros de l'armée anglaise, Lionel ; elle le désarme, elle le saisit de la main gauche par la crinière de son casque, et elle le renverse à terre. De même qu'elle est irrésistible, elle est sans pitié. Un jeune homme du pays de Galles, Montgommery, la voyant venir à lui sur le champ de bataille, est saisi de terreur, jette ses armes,

---

(1) 24 décembre 1800. *Corr. entre Goethe et Schiller,* publiée par M. S.-René Taillandier.

se précipite à ses pieds, lui demande grâce et lui offre
une magnifique rançon. Elle lui répond : « Insensé !
tu es tombé dans les mains fatales de la Pucelle,
entre lesquelles il n'y a plus d'espoir de salut ni de
rachat. Si ton malheur t'avait mis à la discrétion du
crocodile (*hilarité*), ou dans les griffes du tigre tacheté ;
si tu avais dérobé l'enfant de la lionne, tu pourrais
trouver compassion et miséricorde. Mais rencontrer
la Pucelle, c'est rencontrer la mort » (*nouveaux rires*).
En vain le jeune homme cherche à toucher ce cœur
de femme ; ce n'est plus une femme ; elle est, dit-elle,
« le spectre de la terreur, que la voix des dieux pousse
en avant, pour égorger, pour répandre la mort et devenir ensuite sa victime. » Elle oblige le jeune homme
à reprendre ses armes, elle le combat, et elle le tue.

Cependant, cette héroïne farouche n'a pas toujours
les armes à la main. Pour les Anglais, c'est un ange
exterminateur ; entre les Français, c'est un messager
de réconciliation. Elle réconcilie les ennemis les plus
acharnés ; elle oblige le fils de Jean-sans-Peur, le terrible duc de Bourgogne, à embrasser le dauphin
Charles, qu'il accuse de complicité dans le meurtre
de son père. Par là, elle sauve la France. Elle fait
mieux, elle oblige ce même Philippe à embrasser, —
on ne le devinerait jamais, — l'homme même dont
les mains sont encore teintes du sang de son père,
l'assassin Duchâtel.

Là-dessus, elle est saisie de l'esprit prophétique :
elle annonce, dans un long et très-clair discours, au

duc de Bourgogne, la grandeur future de sa maison,
par suite de son alliance avec la maison d'Autriche.

Tous ces dons, la valeur guerrière, l'éloquence
persuasive, l'esprit prophétique, sont le prix du sa-
crifice qu'elle a fait des sentiments de la nature. Cependant la nature humaine n'est pas supprimée en
elle ; et c'est là que la destinée l'attend. Dans ce moment, dont je vous ai parlé tout à l'heure, où elle tient
le vaillant Lionel renversé, où elle le saisit de la
main gauche par la crinière de son casque, et lève le
bras droit armé de l'épée pour l'égorger, comme tous
les autres Anglais ; le casque se détache, et elle voit
le beau visage de son ennemi. Aussitôt le bras levé
pour frapper retombe ; Jeanne est anéantie, elle est
vaincue par l'amour. Il n'y a plus de Déborah, il n'y
a plus de Samson, c'est une jeune fille éprise d'amour.
Dès lors, bourrelée de remords, elle ne se connaît plus,
et elle deviendra une proie facile pour quiconque
voudra la perdre.

Ce n'est pas la moins bizarre invention du poëte,
que d'avoir voulu qu'elle fût accusée d'abord par son
propre père. La scène se passe à Reims, à l'issue de
la cérémonie du couronnement, où sa bannière avait
flotté au-dessus de la tête du nouveau roi. Jeanne
s'élance hors de la cathédrale, éperdue, comme si elle
avait entendu la voix de Dieu prononcer sa condamna-
tion. Le cortége royal la suit. Le roi la remercie comme
un ange libérateur, le peuple est prêt à l'adorer...
Mais soudain la foule est percée par un vieillard à

l'aspect terrible, semblable à un prophète de malheur. C'est le père même de Jeanne d'Arc, qu'elle n'a pas revu depuis son départ de la maison paternelle... Il s'avance, et, en présence du roi, de la cour, de tout le peuple, il proclame que sa fille n'a sauvé le royaume de France que grâce aux artifices du démon. Les amis de Jeanne, Dunois, Lahire, l'archevêque même de Reims, la supplient de répondre, de se défendre. Mais son père l'adjure, au nom de la sainte Trinité, de dire si elle n'a pas vendu son âme à l'enfer. Elle ne répond rien. Le ciel tonne... Aucune réponse... Le tonnerre retentit à coups redoublés ; le peuple s'épouvante, le cortége royal s'éloigne ; et Jeanne demeure seule, atteinte et convaincue du crime de sorcellerie.

Schiller était fort content de cette scène : « La fin de l'avant-dernier acte, écrit-il, est fort dramatique, et le *deus ex machina* tonnant ne manquera pas son effet. » Il a raison : à la lecture même, cette scène fait encore frissonner, que devait-il en être au théâtre ? Mais comment se fait-il qu'un poëte aussi conscien- cieux, aussi grave que Schiller, ne se soit pas de- mandé ce qu'on penserait après coup des moyens par lesquels il avait obtenu un pareil succès ? Quoi ! c'est le père de cette sainte fille qui l'accuse, et qui l'ac- cuse sans aucun motif, poussé seulement par une su- perstition aveugle, par un fanatisme insensé ! Si Schiller voulait flétrir le fanatisme et la superstition du moyen âge, quel besoin avait-il d'inventer une ac- tion invraisemblable et contre nature ? Il n'a pas

manqué, hélas ! de gens pour accuser Jeanne d'Arc
de sorcellerie ; mais ce sont les Anglais qui l'ont accusée ; c'est l'évêque de Beauvais, leur âme damnée ;
c'est l'université de Paris, entraînée dans le parti anglais ; c'est l'Inquisition, toujours insatiable de victimes : mais ce n'est pas le bon peuple français, qui
l'adorait comme un ange venu de Dieu ; ce n'est pas
même l'ingrat Charles VII, qui la laissa brûler ; ce
n'est pas surtout le père qui avait vu grandir cette
sainte fille dans la pratique de la piété, de la charité,
de toutes les vertus de son sexe.

Et pour appuyer cette fiction révoltante, le poëte
fait rouler le tonnerre du théâtre, et il s'applaudit
d'avoir inventé cette machine (*légers sourires*).
Mais qui tonne, selon lui? Est-ce Dieu? Mais Dieu ne
joue aucun rôle dans la pièce ; ni le poëte, ni son héroïne ne paraissent y croire. Ils ne parlent que des
dieux. Schiller écrit : « Jeanne est abandonnée des
dieux dans son malheur. » Jeanne elle-même, vous
l'avez entendu, dit qu'elle est l'envoyée des *dieux*.
Que signifie ce langage? Sommes-nous en plein paga-
nisme? Qui sont ces dieux? Je ne sais ; ou plutôt c'est la
fatalité, la fatalité antique, ressuscitée par Schiller,
et devant qui Jeanne baisse la tête.

Ainsi, cette pieuse Jeanne d'Arc, la plus chrétienne figure du moyen âge, celle dont la bannière
portait ces mots : *Jhesus-Maria*, devient, dans l'imagination du poëte allemand, l'instrument, puis la victime de la fatalité.

Mais c'est au moment où la fatalité l'abaisse, qu'elle se relève par l'énergie propre de son âme. « Mon héroïne, écrit Schiller, ne s'appuyant plus que sur elle-même, et étant abandonnée des dieux dans son malheur, apparaît à ce moment avec toute l'énergie qu'exige son rôle de prophétesse. »

Délaissée de tous, proclamée sorcière, errante dans la campagne, Jeanne tombe dans les mains d'un parti anglais commandé par une femme, Isabeau de Bavière, l'épouse dissolue, la mère dénaturée, la furie du parti anglais, que le poëte a voulu opposer, par manière de contraste, à la figure de Jeanne d'Arc. Il fallait que l'héroïne tombât aux mains des méchants. C'est en effet souvent la destinée des plus grands et des meilleurs, de devenir les victimes des méchants. Mais c'est alors que leur vertu s'épure et qu'ils atteignent à la perfection. Cette vérité n'a pas échappé au génie de Schiller ; mais voyons comment il l'a développée. Jeanne est enfermée dans un donjon ; les chefs anglais s'apprêtent à la livrer à la mort. Mais tout à coup, l'armée française vient donner l'assaut à la forteresse. La lumière s'est faite d'une manière inexplicable dans les esprits des Français ; ils sentent, ils ont compris qu'ils ont banni une sainte comme sorcière ; ils veulent l'arracher des mains de ses ennemis, ils accourent. Mais Isabeau tient le poignard levé sur la gorge de Jeanne. prête à l'immoler, si les Français ont la victoire. C'est alors que Jeanne retrouve toute sa puissance dans la virginité de son cœur ; elle a étouffé cet indigne amour qui l'avait surprise un moment ; l'homme qui en avait été l'objet a vainement essayé de l'entraîner, sous le prétexte de la sauver ; elle l'a repoussé avec mépris, elle est désormais invincible. C'est alors qu'elle implore Dieu, rompt ses liens, désarme un de ses gardiens, franchit toutes les barrières que le château lui oppose, court dans la plaine comme le vent, rejoint les siens, délivre le roi déjà prisonnier, et tombe frappée du coup mortel au milieu de sa victoire. Elle meurt en guerrier, dans les bras des siens, proclamée sainte et déjà entourée de la gloire céleste.

Voilà donc ce que Schiller a fait de l'histoire et du caractère de Jeanne d'Arc. Je n'ignore pas que l'historien et le poëte sont deux hommes différents, et que la poésie a d'autres droits que l'histoire. Je ne demande donc pas à Schiller s'il est resté fidèle à la vérité historique. Mais je lui demande s'il a, ce qui est le devoir du poëte, fait mieux que l'histoire. Or, remarquez qu'ici nous pesons l'œuvre d'un homme contre l'œuvre de Dieu. C'est Dieu qui a voulu qu'au milieu d'un siècle barbare, naquît la plus admirable créature qui ait honoré le nom de l'humanité ; il lui a fait une destinée composée des succès les plus merveilleux et de la mort la plus sublime et la plus touchante ; et un poëte est assez aveugle pour préférer les fantaisies de son imagination à cette réalité divine ! Comment ne pas le comparer à ce peuple antique, qui s'en alla bâtir Chalcédoine en

2

face des lieux où la nature avait marqué la place de
Byzance?

C'est à regret que je parle si sévèrement de la
tragédie de Schiller. Au sortir du xviiie siècle, c'était
une œuvre généreuse, de la part d'un poëte étran-
ger, de relever notre grande héroïne des profanations
dont sa mémoire avait été l'objet, avec tant d'applaudissements, dans ce siècle trop léger ; et d'en faire,
au moins selon son sentiment, un des modèles de
la nature humaine. Son œuvre renferme de véri-
tables beautés ; elle a de la grandeur, de la profon-
deur ; elle peut encore émouvoir, ravir un lecteur
qui ne connaîtrait pas notre vraie Jeanne d'Arc.
Mais je cherche, dans cette fiction du génie germanique, notre Jeanne d'Arc française, et je ne l'y
trouve pas.

La trouverons-nous davantage dans des œuvres
françaises qui nous attirent par la séduction de son
nom ? La plupart de celles qui ont été écrites dans
notre siècle se sont inspirées de Schiller, et ne l'ont
pas égalé, quoiqu'elles soient moins étranges, et
peut-être moins éloignées de la vérité historique.

Je m'arrête à un ouvrage qui obtint, il y a qua-
rante ans, un succès grand et légitime, c'est la
Jeanne d'Arc de M. Alexandre Soumet. Je ne puis
prononcer sans respect le nom de l'auteur. C'était
mieux qu'un poëte brillant, c'était un poëte patriote
et l'un des premiers qui ait professé une sorte de
dévotion à la mémoire de Jeanne d'Arc. Il a traité

ce grand sujet dans une tragédie et dans un poëme
épique, et il a dédié ses deux ouvrages *à la France ;*
non pas, je suppose, par orgueil de poëte, mais par
piété filiale. Je ne puis m'occuper ici que de sa tragédie.

L'auteur avait pris pour sujet la partie la plus
belle et la plus difficile à traiter de la vie de Jeanne
d'Arc, sa captivité et sa mort. Il semble s'être proposé de compléter l'œuvre de Schiller et de la rec-
tifier (1). A la mort triomphale sur un champ de
victoire, conception quelque peu banale du poëte
allemand, il a voulu substituer la véritable mort sur
le bûcher, triomphe plus beau, parce qu'il est rem-
porté sur la nature. Mais, pour traiter dignement un
sujet si délicat, il aurait fallu connaître l'histoire et le
caractère de Jeanne d'Arc ; il aurait fallu se représenter cette jeune fille de dix-neuf ans captive durant une
année entière, dont cinq mois passés dans le cachot de
Rouen ; il aurait fallu la voir les fers aux pieds et aux
mains, attachée la nuit au pied de son lit ; des soldats
anglais dans sa chambre nuit et jour ; sa pudeur
blessée à toute heure ; cette malheureuse enfant qui
n'avait de repos ni jour ni nuit, obligée de répondre
à un affreux procès d'inquisition, où toute la science
et toute l'habileté de théologiens fameux dans ce

---

(1) L'exemple avait été déjà donné par M. d'Avrigni, dans sa tragédie
de *Jeanne d'Arc à Rouen* (1819). M. Soumet connaissait bien cette pièce, et
notamment la scène v de l'acte III ; comparez, dans sa tragédie, la
scène II de l'acte III.

temps-là étaient employées à perdre une fille de la
campagne, qui n'avait jamais su ni lire ni écrire ;
point de conseils, si ce n'est ceux des affidés de ses
juges, chargés de la faire tomber dans des piéges ;
au dehors, un peuple furieux qui demandait sa mort
à grands cris. Dans cette situation terrible, cette
jeune fille, soutenue par son seul courage et par sa
foi dans une révélation particulière, tient ferme devant ses juges, déjoue toute leur malice, les étonne
par le bonheur et la grandeur de ses réponses, les
menace du compte qu'ils auront à rendre, brave
la torture qu'on lui montre préparée, avec les officiers
du bourreau déjà tout prêts, dans une chambre
voisine, et ne laisse pas échapper un seul mot qui
puisse la compromettre aux yeux de l'équitable postérité. Un seul jour, au cimetière de Saint-Ouen,
désespérée de ne point voir venir ce secours, ou du
ciel ou des hommes, qu'elle avait toujours attendu,
en présence du bûcher qui s'élève, elle faiblit, elle
renie sa mission dans les termes que lui dictent ses
juges et qu'elle n'entend pas ; et, le lendemain, elle
est saisie de repentir. Alors, poussée à sa perte par
la malice infernale et par les violences infâmes de
ses ennemis, elle préfère à la honte la mort horrible
du bûcher, et elle marche, avec la douceur d'une
sainte et les larmes d'une jeune fille, vers cet atroce
instrument de la barbarie du moyen âge.

Voilà ce qu'il aurait fallu voir et ce qu'il aurait
fallu faire sentir. Mais il eût été nécessaire de connaître

l'histoire, et en 1825 on ne la connaissait guère.
L'auteur a traité son sujet d'après certaines tradi-
tions, certaines légendes qui ne pouvaient lui donner qu'une image pâle, effacée du caractère de son
héroïne.

Il aurait fallu aussi s'affranchir du cadre trop
étroit d'une tragédie classique. On a représenté, je
ne sais pourquoi, M. Alexandre Soumet comme un
poëte romantique. Quelques hardiesses, qui nous
paraissent aujourd'hui bien timides, lui ont attiré ce
reproche ; mais c'est une grande injustice. Sa tragédie est bien conçue d'après les principes de l'école
classique : il n'y a pas une seule unité qu'il ait véri-
tablement violée. Jeanne d'Arc est jugée, condam-
née, brûlée, en vingt-quatre heures : un conseil de
guerre n'aurait pas été plus expéditif que le grand
justicier Hermangart. Encore le poëte paraît-il em-
barrassé pour retarder la fin de sa tragédie ; il a re-
cours à une multitude de fictions romanesques. Un
certain Adhémar, venu on ne sait d'où, dont le caractère demeure une énigme, entre dans la prison de
Jeanne comme dans une place publique, et y trouve un
gardien compatissant. Il traverse les desseins des
ennemis de l'héroïne, et prend sa défense devant ses
juges, on ne sait à quel titre. Le père et les sœurs de
Jeanne d'Arc arrivent à Rouen juste à temps pour
allonger la tragédie. Le régent anglais et le duc de
Bourgogne se battent en duel pour savoir si la sentence des juges sera exécutée ou ne le sera pas. La

mort de Jeanne est ainsi la conséquence de la défaite de son champion.

Mais ce qui me chagrine le plus, ce ne sont pas toutes ces infidélités commises envers l'histoire, au détriment de la vérité des caractères ; ce qui me choque, je l'avoue, c'est de trouver dans la bouche de Jeanne d'Arc une certaine éloquence pompeuse et académique qui fait un étrange contraste avec la parole nette, simple, saisissante, de cette jeune fille, dont le cœur et le génie s'étaient élevés si haut en demeurant si simples.

Malgré tout, la pièce est intéressante, grâce à l'intérêt même du sujet, grâce à de belles scènes, à de beaux vers, surtout grâce aux sentiments patriotiques de l'auteur. Je ne vous en citerai qu'un exemple. Il est tiré d'une première querelle entre le duc de Bourgogne et le duc de Bedford, le régent anglais. La scène, il faut bien le dire, ou plutôt le dialogue est emprunté de Schiller, mais non de tout point :

BEDF.   Prince, si la victoire enfin m'est échappée,
        J'en accuse moins Jeanne et ses illustres coups,
        Que votre aveugle haine et votre orgueil jaloux.
BOURG. Sous les murs d'Orléans, où mon sang fume encore,
        N'ai-je pas combattu contre un roi que j'abhorre ?
BEDF.   Vos soldats les premiers ont été renversés.
BOURG. Parce qu'au premier rang je les avais placés.
BEDF.   Jeanne d'Arc a d'abord marché contre un rebelle.
BOURG. Jeanne d'Arc a cherché des rivaux dignes d'elle.
BEDF.   Sans vous, dans Orléans seraient nos léopards.
BOURG. Sans moi, vos yeux jamais n'eussent vu nos remparts.

BŒUF. De Verneuil, de Crécy l'éclatante mémoire...
BOURG. Harcourt seul dans Crécy vous donna la victoire.
  Vous nous devez le trône, et dans tous ses succès,
  L'étranger dans ses rangs a compté des Français.

(Acte II, sc. II.)

Ces sentiments sont louables, généreux ; mais des beautés de ce genre ne suffisent pas pour racheter la faiblesse du caractère principal. C'est donc ailleurs encore qu'il faut chercher notre héroïne.

Il y a dans un des faubourgs de Paris un théâtre malheureux, à qui sa ruine n'a pu épargner les rires du public, c'est le *Grand Théâtre parisien* (sourires). C'est là qu'on a repris, il y a quelques mois, la *Jeanne d'Arc* de M. Charles Desnoyer. L'auteur s'est proposé de peindre la physionomie des temps dans des épisodes nombreux et des scènes variées. Il n'y a pas mal réussi. Mais qu'a-t-il fait du caractère principal? Il a essayé de le composer à l'aide de phrases empruntées à l'histoire ; il a pensé, peut-être avec raison, qu'on ne pourrait pas faire parler Jeanne d'Arc mieux qu'elle n'a parlé. Il a formé ainsi une sorte de mosaïque intéressante sans doute, mais où l'on trouve des pièces disparates. Quand l'auteur mêle son propre style à celui de Jeanne d'Arc, il semble que la prose du XIXᵉ siècle ne fait pas bonne figure à côté de celle du XVᵉ. Dailleurs, il ne suffit pas, au théâtre, d'attribuer à un personnage historique des paroles qu'il a réellement tenues, des actions qu'il a réellement faites ; il faut encore qu'on s'explique pourquoi il agit et parle ainsi. Il faut que ses paroles et ses actions offrent un lien entre elles, qu'on y voie un caractère, que tout semble un effet en quelque sorte inévitable de ce caractère. Or, l'auteur a trop compté sur l'histoire, pour expliquer le caractère de son héroïne, et il a négligé de nous découvrir les ressorts par lesquels se gouvernait cette âme d'une nature si peu commune.

J'oserai encore lui adresser un reproche. Se proposant d'écrire un drame populaire, il semble avoir cherché à rabaisser, ou du moins il n'a pas assez élevé ses pensées et son style. C'est une étrange erreur de croire que, lorsqu'on s'adresse au peuple, on doit chercher la trivialité. Si l'on veut l'instruire, il faut de la gravité, et si l'on veut lui plaire, il faut de la simplicité et de la grandeur. (*Vifs applaudissements.*)

Il serait à souhaiter que tant d'auteurs sur lesquels je suis obligé de passer (1), qui se sont proposé de traiter d'une manière historique le caractère de Jeanne d'Arc, se fussent inspirés de l'art du plus

---

(1) Je regrette de n'avoir pu mentionner la *Jeanne d'Arc* qui porte la signature de Daniel Stern. L'auteur reconnaît avec une admirable sincérité qu'il — ou qu'elle s'est attachée de préférence aux vertus féminines qui forment le côté le plus touchant du caractère de Jeanne d'Arc. Comment reprocher à un auteur un défaut qu'il avoue lui-même ? Mais dans cette œuvre un peu trop féminine, et médiocrement dramatique, on sent une connaissance du cœur humain, une intelligence de l'histoire et une habileté de composition qui n'ont été, ce me semble, égalées par aucun des auteurs dont j'ai parlé. Il y aurait là d'utiles études à faire pour qui voudrait traiter à nouveau le sujet de Jeanne d'Arc.

grand, de l'unique maître du drame historique, de Shakspeare. Il existe du grand tragique anglais un drame où Jeanne d'Arc joue un rôle : c'est la *première partie* de la trilogie de *Henri VI*. Si je dis qu'elle est de lui, je n'exprime qu'une opinion purement personnelle. Des juges autorisés le nient; mais pourquoi le nient-ils? Parce qu'ils ont eu honte, si je ne me trompe, pour ce grand génie, de la manière dont le personnage de Jeanne d'Arc est travesti dans sa pièce. On n'y reconnaît pas la main d'un poëte, mais on y reconnaît celle d'un Anglais (*sourires*), tout échauffé encore des haines et des ressentiments de la guerre de cent ans.

C'est ainsi que l'aurait conçu lord Talbot, qui lançait, du haut de ses tourelles, à Jeanne d'Arc des outrages si cuisants que la malheureuse fille en pleurait sous ses armes. C'est ainsi que l'aurait conçu le chroniqueur anglais (1), d'où l'auteur du drame a très-certainement tiré les fictions abominables dont il a composé ce rôle aussi platement qu'indignement imaginé.

Malgré mon admiration pour le poëte le plus tragique des temps modernes, je ne suis pas assez idolâtre de Shakspeare pour en conclure que la pièce ne peut pas être de lui. Car il s'y trouve des beautés qu'il ne serait pas aisé d'attribuer à un autre. Il est permis de douter que nos auteurs de drames

(1) William Caxton, ap. J. Quicherat, *Procès*, t. IV, p. 477.

historiques aient jamais conçu une scène aussi grande, aussi dramatique, que la première de ce poëme, celle des funérailles de Henri V, ou que celle de la mort de lord Talbot et de son fils, qu'on a si justement comparée aux plus belles scènes de Corneille (1).

Ce que je souhaiterais en effet, c'est qu'un poëte doué de génie entreprît, pour notre Jeanne d'Arc, ce que Shakspeare a fait pour les héros anglais de la guerre de cent ans, une histoire dramatique, où le détail des événements fût traité librement, mais où la physionomie des temps fût fidèlement peinte, et où surtout on sût représenter les caractères principaux dans toute leur énergie et dans toute la richesse de leur nature.

Cette histoire dramatique, nous l'aurions déjà, si l'inspiration du génie et l'état des lettres françaises au xv⁰ siècle avaient secondé le bon vouloir d'un digne poëte de ce temps-là. Je veux parler de l'auteur anonyme du *Mistère du siége d'Orléans*.

Ce poëme a été publié pour la première fois par MM. Guessard et de Certain, en 1862 (2). Mais il fut écrit et très-probablement joué fort peu d'années après la mort de l'héroïne. Je n'en conseillerais pas la lecture aux personnes qui voudraient y chercher un divertissement. C'est un poëme en plus de vingt

(1) Alfr. Mézières, *Shakspeare*.
(2) *Documents inédits sur l'hist. de France*. 1ʳᵉ série.

mille vers (*sourires*), écrit dans un français qui n'est pas seulement vieux, mais qui exhale un parfum de patois orléanais très-prononcé (*hilarité*).

L'auteur est un digne homme, clerc ou bourgeois, on ne sait, sans malice, qui écrit en vers à peu près comme il parle, pour la plus grande gloire de Dieu et de la cité d'Orléans (*sourires*). Son énorme poëme est une œuvre de piété : le nom de *mystère* l'indique assez. C'est le nom qu'on donnait aux drames religieux, dont le sujet était tiré le plus souvent des mystères de la foi. Celui-ci roule sur un sujet profane, mais traité avec des sentiments tout religieux, que les événements justifiaient assez. Qui n'eût alors regardé la délivrance d'Orléans comme un miracle ? Aujourd'hui même, je le demande aux personnes qui ne croient pas légèrement aux miracles, qui n'est frappé de ce qu'il y a de mystérieux dans la vocation de cette jeune fille, qui accomplit des choses si merveilleuses sur la foi d'une révélation particulière ? D'ailleurs, les gens de ce temps-là n'étaient pas savants, ils *croyaient* : ils regardaient comme une chose toute naturelle et fort ordinaire, l'intervention divine dans les affaires de ce monde. Ils crurent que le royaume avait été châtié pour ses péchés, et que son salut était un miracle de la miséricorde divine.

Aussi, le principal personnage du poëme n'est-il autre que Dieu lui-même, qu'on voyait apparaître dans le paradis, figuré à la partie supérieure du théâtre (*hilarité*). C'est de là qu'il entend la prière du roi Charles. En vous la citant, je suis obligé de vous demander grâce pour le français de notre vieux poëte. On lit dans le texte :

« Puis le roy de France se mettra à genoux devers Paradis et dit :

> O Dieu très-digne et glorieux,
> Puissant, éternel roy des cieux,
> Je vous pry, ayez souvenance
> De moy, desplaisant, soucieux,
> Quant je regarde de mes yeux
> Mon royaume qui est en doubtance.
>
> . . . .
>
> Jhesus ! se je vous ay meffait
> Et que envers vous ay forfait,
> Vous requiers pardon humblement.
>
> . . . .
>
> Hélas, ayez compassion,
> Par la vostre Rédemption :
> Plus n'ay d'espoir que à Orleans :
> Or n'y scay plus quel confort querre
> Je voy, par fortune de guerre,
> Et suffisant de la tenir.
> Je vueil délesser le pays,
> Et me consent estre desmis,
> Vray Dieu, se c'est vostre plaisir.

Notre-Dame appuie la prière du roi de France, par compassion pour ce beau royaume, la fleur de la chrétienté, et aussi pour ce malheureux roi, qu'elle appelle tendrement « le roy des fleurs de lis. » Elle ajoute :

> Ces Anglois, venus d'Engleterre,
> N'ont nul droit en icelle terre
> De France, n'a eulx n'appartient.
>
> . . . .

C'est le royaulme qui tout soutient
Crestienneté, et la maintient
Par la vostre divine essence ;
Ne autre n'y doit avoir rien.

Les poëtes de ce temps-là, dans leur naïveté, ne
doutent de rien ; ils n'ont aucun scrupule à prêter
leur style à la Vierge, aux saints, à Dieu lui-même.
Aussi Dieu parle à son tour :

DIEU.

Mère, j'é très-bien entendu
Que m'avez fait une requeste
Pour mon peuple, qui est perdu
Par leur vie faulse et déshonneste.
. . . .
Prestres, bourgeois et laboureurs,
Gens de pratique et autrement,
De présent sont tous decepveurs.
. . . .
Puis les plus grant d'autorité,
Les hauts princes, ducs et barons,
Remplis d'orgueil et vanité,
Maugréeurs, jureurs et felons,
Que de moi nul mémoire n'ont,
Ne ne vous ont en révérence.
. . . .
S'ils endurent de la misère,
Vous savez, c'est droite sentence.

Cependant, Dieu ne peut pas toujours résister aux
prières de Notre-Dame et des patrons de la ville d'Orléans, saint Euvertre et saint Aignan. Il cède, mais
c'est à une condition, et c'est là qu'est le secret de
l'intention du poëte :

Le royaulme je recouvreray
Au roi Charles par sa prière,

Et en honneur l'exauceray,
Que tout temps en sera mémoire,
Sans que François ayent la gloire
De avoir par eux recouvert,
Ne leur en donray la victoire :
On les verra à descouvert.

Et, en effet, il envoie l'archange saint Michel pour porter à Jeanne les ordres de Dieu. L'archange la trouve dans la maison de son père gardant les brebis, et « queusant en linge ; » il lui annonce la mission dont elle est chargée; la jeune fille est saisie de terreur, mais enfin elle obéit.

A partir de ce moment, le poëte la promène pas à pas, paisiblement, de ville en ville, comme un homme qui a le temps, devant des gens qui ne sont pas pressés (*sourires*). Et puis, il a tant d'autres personnages à faire mouvoir ! On en compte plus de cent, les figurants et les comparses non compris ; et chacun d'eux fait de si longs discours, pour dire tous la même chose (*hilarité*) ; et chacun d'eux répète ses propres paroles jusqu'à trois fois de suite (*nouvelle hilarité*).

Au milieu de cette variété de personnages et de scènes, le véritable héros n'est peut-être pas tant Jeanne d'Arc, que la ville d'Orléans. Cette noble cité, devant l'héroïsme de laquelle se brisa la fortune des Anglais, méritait bien cet hommage. On sent d'ailleurs que, pour le poëte orléanais, c'était là que se trouvait la véritable patrie. La ville d'Orléans est donc comme une seconde Troie, ou une Jérusalem nouvelle, autour de laquelle deux nations, deux mon-

des se disputent l'empire, sous le regard et avec
l'intervention de la divinité. L'auteur conduit Jeanne
d'Arc fort peu loin de la ville, jusqu'à la bataille de
Patay, qui affranchit le cours de la Loire. Après cela,
il la ramène à Orléans, où elle revient inviter le peuple à célébrer par une cérémonie annuelle le miracle
de sa délivrance.

Quant au caractère de Jeanne d'Arc elle-même, on
peut tout dire en un mot : c'est une transcription en
langage, il est vrai, fort diffus, mais enfin une transcription très-consciencieuse des documents contemporains et des impressions des témoins oculaires. Je
vous en citerai un seul exemple. Vous vous rappelez
qu'avant d'employer le secours que Dieu lui envoyait,
Charles VII voulut faire examiner Jeanne, cette jeune
fille inconnue, par toute espèce de gens. Il l'envoya
à Poitiers pour y être éprouvée par la cour du parle-
ment et par les docteurs de l'Eglise. Dans notre
drame, « l'Enquisiteur de la foy » lui dit :

> Fille, le Dieu de paradis
> A le pouvoir et audience
> De convaincre ses ennemis
> Sans frapper un seul coup de lance,
> Ne sans hommes, n'aultre puissance,
> Quant y lui plaisa ainsi faire,
> — Sans vous ne sans vostre presence, —
> Les faire fouyr et retraire.

LA PUCELLE.

> Dieu le peut faire voyrement ;
> Mais ne lui plaist ainsi le faire.

> Veult que je y soie proprement
> Pour ceste besoigne parfaire,
> Et que j'aye sous ma bannière
> Un peu de gens pour batailler,
> A qui Dieu donra la victoire
> Ainsi que à son bon chevalier.

Voici les paroles authentiques que l'histoire nous rapporte. Un docteur dit à Jeanne : « Si Dieu veut délivrer le peuple de France, il n'est pas besoin de gens d'armes. » « En nom Dieu, les gens d'armes batailleront, et Dieu donnera la victoire, » répond Jeanne.

Des conseillers du roi la ramènent à Chinon, l'un d'eux dit à Charles :

> Chier seigneur, sommes revenuz
> De Poictiers avec la Pucelle,
> Où nous avons esté receuz
> Très grandement pour l'onneur d'elle.
> Ont parlé à la jouvencelle
> Parlement, docteurs en l'Église,
> L'ont trouvée ferme, vraye ancelle,
> Saige, prudente, bien apprise,
> Ne en elle riens n'ont trouvé
> Que tout bien, vertu et honneur ;
> Et tout son fait bien esprouvé,
> Tout est de Dieu, le créateur.

Or, voici ce qu'on lit dans le résumé authentique de l'opinion des docteurs :

« En elle, on ne trouve point de mal, fors que bien, humilité, virginité, dévocion, honnesteté, simplesse. »

Vous voyez avec quelle fidélité l'auteur a peint son personnage. C'est une transcription qui ressemble

quelque peu à une copie d'une Madone de Raphaël,
faite par un écolier qui la crayonnerait de mémoire.
Cependant on aime à voir cette belle figure, non alté-
rée par le caprice ou par les inventions romanesques
des poëtes, telle qu'elle apparut à ses contemporains,
un peu alourdie par le poëte, mais de manière à per-
mettre à un juge intelligent de voir ce qu'elle fut dans
la réalité, et combien cette réalité se trouve au-dessus de la fantaisie des plus ingénieux écrivains.

On ne peut donc lire ce poëme naïf sans regretter
qu'il ne se soit pas encore trouvé chez nous un poëte
de génie pour reproduire cette noble image avec la
même fidélité, mais avec plus d'art et dans une lan-
gue plus achevée. Il lui serait permis aujourd'hui de
traiter son sujet avec la plus grande liberté. Ni les
habitudes du théâtre, ni le goût public ne lui crée-
raient d'obstacles; les ouvrages de ses devanciers ne
l'embarrasseraient pas et pourraient souvent lui être
d'une grande utilité. On ne lui contesterait pas, dans
l'ordre des idées religieuses et monarchiques, une liberté dont les écrivains de la Restauration n'ont peut-
être pas joui. Il pourrait profiter de la lumière que des
événements récents ajoutent à celle de l'histoire. Il fe-
rait comprendre et les succès et les revers de la fortune
de Jeanne d'Arc, et le mystère même de son caractère.
Il pourrait rendre sensible la nature de l'enthousiasme, sa grandeur et sa faiblesse; cet état extraor-
dinaire d'une âme qui, possédée de son dessein, ne
voit plus les obstacles, et les surmonte, pour ainsi

dire, sans les voir ; la facilité avec laquelle le peuple
partage cet enthousiasme ; mais aussi la facilité avec
laquelle il retombe dans son inertie naturelle, quand
la fortune trahit son héros. On verrait comment les
têtes politiques ne cèdent jamais de bonne grâce à
l'enthousiasme public, alors même qu'elles sont
obligées de suivre l'ardeur populaire ; comment elles
le trahissent volontiers dès qu'elles y voient une puissance qui menace de devenir redoutable pour le pouvoir officiel. On s'expliquerait ainsi comment Jeanne
d'Arc fut accueillie lorsque le royaume paraissait ne
plus pouvoir être sauvé que par un miracle, et comment elle fut abandonnée lorsqu'on crut pouvoir
se passer d'elle et que la fortune la trahit aux portes
de Compiègne (*bravos*). Le caractère de l'héroïne
elle-même expliquerait le reste.

On verrait d'abord, dans son pays natal, cette jeune
fille, en qui sommeille encore le génie que Dieu lui
a donné ; mais qui, dans la solitude de ses prairies
et de ses bois, s'exalte en pensant aux malheurs de
ce royaume qui lui est si cher, en sentant qu'il y a en
elle quelque chose qui peut être salutaire à son
peuple ; comment peu à peu le désir secret de son
cœur de venir au secours des affligés, s'unissant à
son ardente foi chrétienne, à sa passion pour son roi,
qu'elle n'a jamais vu, et qui ne méritait guère un
pareil culte ; comment tous ces sentiments secrets
deviennent peu à peu une *voix* extérieure qui
l'appelle ; comment son cœur est déchiré par des

luttes terribles entre la modestie féminine, la piété
filiale, qui veulent la retenir dans la paix de son
village, et la voix d'en haut qui l'appelle à des
œuvres qui paraissent au-dessus de son sexe et de
son âge ; comment enfin cette jeune fille de dix-sept
ans prend l'héroïque résolution de partir seule pour
sauver un royaume. Dès ce moment, plus d'hésitation ;
arrivée à Chinon, elle paraît illuminée d'un rayon
divin ; le peuple la suit du premier jour ; la cour est
obligée, malgré son scepticisme, de se servir d'elle ;
les docteurs sont ravis de la science de cette fille qui
ne savait rien ; elle devient en un moment la véritable
providence du pays, à la place de ce roi qui s'était
abandonné lui-même. On lui a demandé une marque,
un signe de sa mission. Elle le donne par cette prodi-
gieuse campagne qui commence au siége d'Orléans
et qui finit par le couronnement du roi à Reims. Elle
paraît alors l'ange de la patrie, l'ange de la guerre.
Mais c'est alors que commence l'épreuve pour son
caractère. Ses étonnantes aptitudes militaires gran-
dissent, mais son cœur semble enivré de la passion
de la guerre ; son ambition s'accroît. Et puis le miracle dure trop ; on la voit de près, on la mesure. Le
plus grand capitaine du monde n'est pas un personnage surnaturel. En devenant un chef de guerre,
comme les autres, elle descend dans l'opinion de ses
contemporains. Les obstacles se multiplient ; elle
trouve partout des résistances ; la fortune l'aban-
donne, elle échoue devant les murs de Paris, elle est

prise aux portes de Compiègne. Elle est redescendue au niveau de l'humanité. Mais c'est alors justement que, la fortune l'abaissant, elle grandit dans cette terrible épreuve de la captivité ; elle developpe les ressources d'un génie, d'un courage qu'on n'aurait jamais soupçonnés ni chez la jeune fille de Lorraine, ni même chez le capitaine victorieux d'Orléans et de Patay. L'admiration, qui semblait épuisée par sa vie, est renouvelée par cette lutte suprême, et la plus tendre commisération se joint aux autres sentiments qu'elle inspire. Ce n'est plus, il est vrai, un personnage surnaturel, mais c'est une martyre et une sainte !

Je ne sais si je me fais illusion, mais il me semble qu'un pareil sujet n'a qu'un défaut, c'est d'être trop beau. Mais le poëte qui réussirait à le traiter dignement pourrait compter sur la reconnaissance durable de son pays ; car il n'aurait pas seulement fixé pour la postérité l'image d'une héroïne chère à la France, il aurait peint dans cette jeune fille, qui réunit les plus aimables vertus de son sexe aux plus brillantes qualités du nôtre, la plus noble et la plus complète image des vertus du peuple français *(bravos, très-vifs applaudissements.)*

PARIS. — IMP. DE V. GOUPY, RUE GARANCIÈRE, 5.

BIBLIOTHEQUE NATIONALE DE FRANCE

3 7502 01048717 3